生活原来如此
So That's How Life Is

To Conquer Yourself Is The Greatest Triumph

征服自己是最伟大的胜利

上海文艺出版社

STORIES

故事会文化传媒有限公司　　出品

(00017)

Contents
目录

1

Let the Balloon of Confidence Rise High

让自信的气球高高升起

美国著名心理学家基恩小时候经历过一件让他终生难忘的事：

有一次，他躲在公园的角落里偷偷看几个白人小孩在快乐地玩，他羡慕他们，也很想和他们一道游戏，但他不敢，因为自己是一个黑人，心里很自卑。

这时，一位卖气球的老人举着大把气球进了公园，白人孩子一窝蜂地跑了过去，每人买了一个，高高兴兴地把气球放飞到空中。

白人小孩走了以后，基恩才胆怯地走到老人面前，低声请求："您可以卖一个气球给我吗？"

老人慈祥地说:“当然。你要一个什么颜色的?”

基恩鼓起勇气说:“我要一个黑色的。”

老人给了他一个黑色的气球。他接过气球,小手一松,黑气球慢慢地升上了天空……

老人一边眯着眼睛看着气球上升,一边用手轻轻拍着他的后脑勺,说:“记住,气球能不能升起,不是因为颜色……”

2

The Eagle Fell Behind the Cliff

鹰落悬崖后

有一个老人，在山里打柴时，拾到一只很小的鸟，它还不会飞，老人就把这只鸟带回家给小孙子玩耍。

小孙子将那鸟放在小鸡群里，让母鸡养育着，母鸡果然没有发现这个异类，全权负起一个母亲的责任。

小鸟一天天长大了，后来人们发现那只小鸟竟是一只鹰，那只鹰一天天长大了，却始终和鸡相处得很和睦。

时间久了,村里的人们对于这种鹰鸡同处的状况越来越看不惯,如果哪家丢了鸡,首先便会怀疑被鹰吃掉了,人们一致强烈要求:杀了那只鹰!

这一家人舍不得杀它,于是决定将鹰放走,让它回归大自然。然而他们用了许多办法,都无法让它离开。

他们驱赶它不让它进家门,甚至将它“打”得遍体鳞伤,许多办法试过了都不奏效。最后他们终于明白:原来鹰是眷恋它从小到大的家园,舍不得那个温暖舒适的窝。

后来,村里的一位老人说:“把鹰交给我吧,我会让它重返蓝天,永远不再回来。”老人将鹰带到附近一个最陡峭的悬崖绝壁旁,然后将鹰狠狠地向悬崖下的深涧扔去,如扔一块石头。鹰开始时如石头般向下坠去,然而快要坠到崖底时,它只轻轻展开双翅就稳稳托住了身体,开始缓缓滑翔,然后轻轻拍了拍翅膀,就飞向蔚蓝的天空。

鹰越飞越自由舒展,越飞动作越漂亮。这才叫真正的翱翔,蓝天才是它真正的家园啊!它渐渐变成了一个小黑点,飞出了人们的视野,永远地飞走了,再也没有回来。

3

Beloved Skull

亲爱的头颅

一位九十三岁高龄的富翁，病得很严重，他想，自己快要死了，眼前一片虚无，茫茫然似乎不知身在何处。

有一天，来了一位隐士，他提供给富翁一个秘方：名字被复诵者，长生不老。富翁突然发现自己的名字已“消失”了近七十年，平时因为尊卑的缘故，没有人敢叫他的原名，只有“老爷”这个尊贵的代号。当富翁回忆起自己的名字叫“梁琪”时，居然热泪盈眶，似乎第一次用手摸到了自己的心跳。

富翁请来了六个仆人，在阁楼上日夜不停地轮流复诵他的名字：梁琪、梁琪……就这样持续着。有一天，富翁的身体竟然真的开始变化：逐渐康复，日渐年轻，生命仿佛获得了新生。世界上有许多诱惑：金钱、桂冠、权贵……但那都是身外之物，只有生命最真；世界上有许多斗笠、雨伞、帽子，其实最不会改变、最贴心意的是你亲爱的头颅。

4
Who Has Killed Him
谁杀死了他

有个国王非常残忍，在每次处决死刑犯时，他都要想些新鲜的花招。

一次，一个犯人被告知明天将被处以极刑，行刑的方式是在他手臂上割一个口子，让他流尽鲜血而亡。犯人惊恐之至，百般哀求，但终无用处。

次日一早，犯人就被带到一个房间中，锁在一堵墙上，墙上有个小孔，刚好可以把一条胳膊伸进去。刽子手把他的一条胳膊从孔中穿过，在墙的另一边，用刀子在他的手上割开一个口子，在手下边放着一个瓦罐来盛血。

“嘀嗒，嘀嗒……”血一滴滴地滴在瓦罐中，四周静极了。墙这边的犯人就这样静静地听着自己的血滴在瓦罐中的声音，他觉着浑身的血液都在向那条胳膊涌去，越来越快地流向那个瓦罐。不一会儿，他的意志也随着血流走了，他无力地倒下来，死了。

其实，在墙的另一边，他手上的那个小口子早就止住了血，刽子手身边的桌子上放着一个大水瓶，水瓶中的水正通过一个特制的漏斗软管滴在那个犯人手下的瓦罐中。

一种强烈的心理暗示，让犯人自己杀死了自己。

5

Never Able to Rise Again

做自己最好

有这样一对孪生兄弟：个性活泼的哥哥在饥寒交迫下投身寺院当了和尚，个性安静的弟弟则在巧合的机缘下娶了妻子、生了儿女。

兄弟俩过得极不快乐：哥哥羡慕弟弟娶妻生子，享尽家庭温馨；弟弟羡慕哥哥皈依佛门，远离尘世纷扰。

一天，兄弟俩相约在半山腰的小凉亭闲谈，正要离开时，发生了山崩。他们慌乱地躲进一个小山洞，幸免于难。半夜，哥哥怕弟弟着凉，脱下僧衣给弟弟盖上；清晨，弟弟感激哥哥的照顾，脱下上衣给哥哥盖上。

几天后，兄弟俩获救了，但哥哥被送回了弟弟家，弟弟被送回了哥哥住的寺院。他们将错就错住下了，体会自己向往的生活，哥哥为了衣食拼命干活，丝毫享受不到家庭生活的温馨；弟弟为了准时撞晨钟、诵早课，彻夜未眠，半点感受不到出家生活的悠闲。

兄弟俩终于又恢复了各自的身份，这才发觉，还是做自己最好。

6
Keep One Eye on Ourselves
留一只眼睛看自己

日本近代有两位一流的剑客,一位是宫本武藏,另一位是柳生又寿郎,宫本是柳生的师傅。

当年,柳生拜师学艺时,问宫本:“师傅,根据我的资质,要练多久才能成为一流的剑客?”

宫本答道:“最少也要十年吧!”

柳生说:“十年太久了,假如我加倍苦练,多久可以成为一流的剑客呢?”

宫本答道:“那就要二十年了。”

柳生一脸狐疑,又问:“假如我晚上不睡觉,日以继夜地苦练呢?”

宫本答道:“那你必死无疑,根本不可能成为一流的剑客。”

柳生非常吃惊:“为什么?”

宫本答道:“要当一流剑客的先决条件,就是必须永远保留一只眼睛注视自己,不断反省自己。现在,你两只眼睛都只盯着‘剑客’这块招牌,哪里还有眼睛注视自己呢?”

柳生听了,惊出一身冷汗,顿然醒悟,依师傅所言而行,终成一代著名的剑客。

剑道如此,人生亦然。

7
Remind Oneself
提醒自我

有个老太太坐在马路边望着不远处的一堵高墙，总觉得它马上就会倒塌，见有人向那里走过去，她就善意地提醒道："那堵墙要倒了，离远点吧。"被提醒的人不解地看着她，大模大样地顺着墙根走过去了——那堵墙没有倒。老太太很生气："怎么不听我的话呢?"又有人走来，老太太又予以劝告。

三天过去了，许多人在墙边走过去，并没有遇上危险。第四天，老太太感到有些奇怪，又有些失望，不由自主地走到墙根下仔细观看，然而就在此时，墙终于倒了，老太太被掩埋在灰尘砖石中，气绝身亡。

提醒别人时往往很容易，很清醒，但能做到时刻清醒地提醒自己却很难，所以说，许多危险来源于自身，老太太的悲哀便缘于此。

8
Restrain Yourself
自己限制自己

曾经有人把跳蚤放入瓶子，它立刻便跳了出来。若在瓶子上加盖，它会竭力试图跳出瓶子，它的头会用力碰撞瓶盖内侧。一个小时后，你去看，它还在跳。

差不多三个小时后，它还在跳，但已不再撞瓶盖，它跳的高度大约离瓶盖一寸左右。这时，你不妨拿掉瓶盖，跳蚤已不会跳出瓶子了，你已训练它改变了跳跃模式，它再也无法跳出瓶子，因为它不了解瓶盖的实际限制和它自我设限的差别。

在生活中，我们常常给自己设下种种限制，其实生活中的瓶子根本没有盖，你想跳多高就能跳多高，只要你能接纳新的思考方法……

9

Aspire after Selflessness

追求忘我

1858年，瑞典的一户富豪人家生下一个女孩。孩子出生不久，得了一种无法解释的瘫痪病，丧失了走路的能力。

一次，女孩和家人一起乘船旅行。船长的太太向孩子讲起船上有一只天堂鸟，孩子听得入迷，想亲自看一看。于是保姆把孩子留在甲板上，自己去找船长。孩子却等不及，要求船上的服务员立即带她去看天堂鸟。

那服务员并不知道她不能走路，就拉她去看那只天堂鸟。奇迹发生了，孩子因为过度的渴望，竟忘我地拉住服务员的手，慢慢地走了起来。

从此，孩子的病便痊愈了。这个女孩长大后，成为第一位获得诺贝尔文学奖的女性，她就是茜尔玛·拉格萝芙。

忘我是走向成功的一条捷径，只有在这种境界里，人才会超越自身的束缚，释放出最大的能量。同时，也能真正品尝到幸福的滋味。

10

Accept Challenge

接受挑战

一位教授是极有名的钢琴大师。

授课第一天，他给自己的新学生一份乐谱。“试试看吧。”他说。乐谱难度很高，学生弹得生涩僵滞、错误百出。“还不熟，回去好好练习！”下课时，教授叮嘱学生。

学生练了一个星期，第二周上课时正准备让教授检验，没想到教授又给了他一份难度更高的乐谱，“试试看！”上星期的功课，教授提也没提，学生再次挣扎于更高难度的乐谱中。

就这样，学生每次在课堂上都会有一份新的乐谱，然后把它带回去练习，接着再回到课堂上，重新面对难度高出两倍的乐谱，却怎么都追不上进度。

终于有一天，当教授再次走进练习室时，学生再也忍不住了，他必须问一下钢琴大师：为什么这3个月来不断折磨自己？

教授没开口，他抽出了最早的第一份乐谱，交给了学生。“弹奏吧！”他用坚定的眼神望着学生。

不可思议的结果发生了！连学生自己都诧异万分，他居然可以将这首曲子弹奏得如此美妙，如此精湛！教授又让学生试了第二堂课的乐谱，学生仍然超水平发挥了。

人往往习惯于表现自己所熟悉、所擅长的领域。但如果我们愿意回首，细细检视，将会恍然大悟：我们不就是在这紧锣密鼓的挑战和压力下，才培养了今日的能力吗？

11

Who Is the Most Brilliant

最优秀的人是谁

古希腊哲学家柏拉图在风烛残年之际，把助手叫到床前说：“我的蜡所剩不多了，得找另一根蜡烛接着点下去，你明白我的意思吗？”

“明白，”那位助手赶忙说，“您的思想光辉是得很好地传承下去……”

“可是，”柏拉图慢悠悠地说，“我需要一位最优秀的传承者，他不但要有相当的智慧，还必须有充分的信心和非凡的勇气……你帮我寻找和发掘一位好吗？”

“好的，”助手很温顺很尊重地说，“我一定竭尽全力地去寻找。”

柏拉图笑了笑，没再说什么。

那位忠诚而勤奋的助手，不辞辛劳地开始四处寻找了。可他领来一位又一位，总被柏拉图婉言谢绝了。

有一次，当那位助手再次无功而返地回到柏拉图病床前时，病入膏肓的柏拉图硬撑着坐起来，抚着那位助手的肩膀说："真是辛苦你了，不过，你找来的那些人，其实还不如你……"

"我一定加倍努力，"助手言辞恳切地说，"找遍城乡各地、找遍五湖四海，我也要把最优秀的人选挖掘出来，举荐给您。"柏拉图笑笑，不再说话。

半年之后，柏拉图弥留之际，最优秀的人选还是没有眉目。助手非常惭愧，泪流满面地坐在病床边，语气沉重地说："我真对不起您，让您失望了！"

"失望的是我，对不起的却是你自己。"柏拉图不无哀怨地说，"本来，最优秀的就是你自己，只是你不敢相信自己，才把自己给忽略、给耽误、给丢失了……其实，每个人都是最优秀的，差别就在于如何认识自己、如何发掘和重用自己……"话没说完，一代哲人就永远离开了他曾经深切关注着的这个世界。

12

Others Are Not Your Mirror

别人不是你的镜子

爱因斯坦的父亲和杰克大叔去清扫一个大烟囱。那烟囱只有踩着里边的钢筋踏梯才能上去，于是杰克大叔在前，爱因斯坦的父亲在后，一级一级地爬上去；

下来时，杰克大叔依旧在前，爱因斯坦的父亲跟在后面。

当他们走出烟囱的时候，杰克大叔的后背、脸上全都被烟囱里的烟灰蹭黑了，而爱因斯坦父亲的身上竟连一点烟灰也没有。

爱因斯坦的父亲看见杰克大叔的模样，心想自己的脸肯定和他一样脏，于是就到附近的小河里洗了又洗；而杰克大叔看见爱因斯坦父亲干干净净的样子，就只草草洗了洗手，然后大模大样地上街了。街上的人笑痛了肚子，还以为杰克大叔是个疯子哩。

这是爱因斯坦16岁时，他父亲给他讲的一个自己经历过的故事。父亲说："其实，只有自己才是自己的镜子；如果拿别人做镜子，白痴或许会把自己照成天才的。"

父亲的故事照亮了爱因斯坦的一生。爱因斯坦时时用自己做镜子来审视自己，终于映照出了生命的熠熠光辉。

13

Water

水

大李和大梁从小要好，又是邻居，同一年结的婚，两人的妻子也要好，都生了儿子，两个小家伙也成了好朋友。

大李的儿子叫大宝，大梁的儿子晚一天出生，就叫小宝，有一回，大宝小宝一起去河里游泳，惨祸发生，竟一起淹死了。

第二个儿子出生时，大李对大梁说：“兄弟，我们搬家吧，我再也不能在这里住了。看见小河，就想到大宝。”他搬了家，远远地搬到了没有河的地方，大梁却没有搬。

大李的二儿子叫二宝，在没有河的地方，平平安安地长大了，大学毕业，分了个好工作，大李只等抱孙子了。但有一回二宝出差，渡轮超载，翻了，二宝淹死了。

大李悲痛欲绝，他突然想起大梁，他知道大梁后来也有了儿子，也叫二宝。他到大梁家，大梁正在看游泳比赛的实况转播，大梁指着站在冠军奖台上的年轻人说："那就是我家二宝。"

大李迷惑不解："你大儿子淹死了，竟还敢叫二儿子去学游泳？"

大梁道："正因为他哥哥是淹死的，所以他刚一学会走路，我就带他下河了。现在，他就算掉进大海里，也绝不会淹死。"

雄壮的国歌声中，大李久久地陷入了沉思。

14

Take Retreat as an Advance

扔掉那把椅子

有一位体育老师教学生溜冰。

开始时，学生不知道技巧，总是跌倒，所以，他给学生一把椅子，让学生推着椅子溜。

果然，因为椅子稳当，可以使学生站在冰上如站在平地上一般，不再跌跤，而且，学生可以推着它前行，来往自如。

学生想，椅子真是好！

于是，学生一直推着椅子溜。

溜了大约一星期之久，有一天，老师来到溜冰场，一看，学生还在那儿推椅子，这回他走过来，一言不发，把椅子从学生手中搬去。

失去了椅子，学生不觉惊慌大叫，脚下不稳，跌了下去，嚷着要那椅子。

老师在旁边，看着学生在那里叫嚷，无动于衷。学生只得自力更生，站稳了脚步。

这才发现，学生在冰上这么久，椅子已帮他会了许多。但推椅子只是一个过程，真要学会溜冰，非把椅子拿开不可。

同样，别人可以在必要时扶你一把，但任何人不能变成你的一部分，来永远支持你。所以，还是拿出力量来，承认“坚强独立，自求多福”这八个字吧！

15

Be Alert against Yourself

小心你自己

寺里的小和尚奉师傅之命将收获的香菇装入袋中。一会儿,师傅来了,对小和尚说:“不要全装进一个大袋,多分几个小袋子,封紧了,别透气!”

“知道了!”小和尚心想,师傅真是多事!

野生的香菇特别香,炒青菜时丢进几朵,就有了说不出的好滋味,到寺里用斋的施主莫不称赞。第一包很快用完了,小和尚又打开了第二包,大叫一声,冲去向师傅报告:“不好了!不好了!香菇长满了小虫,不能吃了!”

“别急!这包不能吃,别的说不定能吃!”师傅说,“把剩下的几包也打开看看!”小和尚紧张地打开那些包,高兴地笑了:那几包好好的。

“这就是我要你分包密封的道理。”师傅敲敲小和尚的头，说：“你以为袋子是防外面的虫子咬香菇，岂知香菇里原来就可能有虫。我们总怕别人会害自己，其实害自己的不一定是别人，也许是自己。要常常清理自己的心虫，别让它偷偷啃食我们的心，或飞出去害别人。”

16

Stolen Terribly

自己被偷得最惨

在欧洲的一个美丽乡村，传出一则惊人的消息。经证实，一位颇负盛名的慈善家，曾经是名震欧洲的神偷。

这个神偷的技艺无比高超，而且专偷知名人物，诸如政要、明星等，所窃之物包括珠宝、名画等，全是价值不菲之物，往往令被窃者损失惨重。

神偷在一次大意的行动中被捕，入狱服刑完之后，便隐姓埋名定居在乡间，默默地做他的慈善事业，直至消息传出。

这条消息很快吸引无数记者蜂拥而至，其中有人问他："你一生中偷过那么多重要人士的财

物，究竟哪一个人被你偷得最惨？”

面对这个问题，神偷沉思良久，抬起头时，脸上老泪纵横，他说：“我想，被偷得最惨的人是我自己，我偷去了我生命中最宝贵的黄金岁月，让自己沦为窃贼。”

17

Unusual Way of Revenge

独特的报仇方法

刚参加工作那一阵子，他总感觉老板根本不把他放在眼里。“改天我要把他臭骂一顿，然后走人。”他忿忿地对朋友说。

“你对那家公司完全了解吗？对他们公司的运作过程心里有数吗？”他的朋友反问他，“我建议你好好地把他们的一切业务知识、公司运作情况完全搞清楚，甚至连电脑的小故障都要学会修理，然后辞职不干。你把他们的公司当成自己免费学习的地方，什么东西都通了之后，再一走了之。这不是既出了气、又有许多收获吗？”

他听从了朋友的建议，从此刻苦努力，默记偷学。下班之后，别的同事都走了，他还留在办公室里。

可是他发现：一年后，老板对他刮目相看，并为他加了薪。

朋友问他："是不是准备拍桌子走人呢？"

"我在这里干得好好的，干吗要走人呢？"他反问道。

朋友听后哈哈大笑说："这是我早就预料到的！"

如果你不被老板重视，不妨试试这种"报仇"的方法。

18
Selfish Wolf
自私的狼

一群野狼被猎人赶进了一个山洞，猎人在洞口安装了一只兽夹，哪只狼先出洞就会被兽夹夹住，不过其余的就可以逃脱了。

这群狼在洞里饿了一天一夜，它们一直在讨论谁先出洞的问题。

老狼说："我年岁最大，我先出洞不太合适吧？"

小狼说："我的年龄最小，不该让我先出去。"

母狼说："我还有三只狼崽等着我喂奶，你们忍心饿死它们吗？"

一只跛脚狼说："我已经负伤了，应该照顾我。"

最后，只剩下一只强壮的狼了，它说："我可以先出去，不过，如果我最后冲出去，我可以为大家报仇，去咬死猎人！"

几天后，猎人从洞里拖出一只又一只饿死的狼。

狼，本来是团队意识极强的动物，但是，这群狼太自私，谁都不愿牺牲自己，结果酿成了集体被饿死的悲剧。有时候，动物也是人类的一面镜子。

19

Source of Worries

烦恼之源

一个小偷在行窃时杀了人，他避开了追捕者，逃进了一片荒无人烟的大森林，躲到了一个隐秘的山洞里。

光阴如梭，转眼20年过去了，这20年里，小偷一直在极度的恐惧中度过，为了表示诚意，他多年来连一只野兔也不愿伤害。他始终以野菜、山果为食，过着苦行僧般的生活。

终于，小偷的虔诚感动了一位高僧，高僧决定拯救小偷。他来到山洞，告诉小偷："20年前你伤害的那位女人并没有死，她活得很好。"高僧还说了一个地址，让小偷自己去验证一下。

傍晚，小偷回来告诉高僧，她确实还活着。

高僧非常高兴："那你现在解脱烦恼了吧？"

"不！"小偷面色阴郁地说，"我为这20年无辜受的罪感到愤怒，所以我杀了她！"

20

Monster Sources From Inside

魔由心生

从前有位叫明慧的和尚在深山一座寺庙中潜心修行。

他每次打坐入定时都会遇到一只大蜘蛛张牙舞爪地来跟他捣蛋，使他无法静下心来修行。

明慧十分苦恼，于是去向祖师求教："我一入定，大蜘蛛就出现了，无论我怎么赶它，它也不走，请祖师指点弟子迷津。"

祖师让他下次入定时，拿一支笔，等蜘蛛出现时在它肚子上画个圈，看看它是何方怪物。

明慧照办，画完圈后，蜘蛛就走了，他也安然入定。

待他出定一看，赫然发现圈在自己肚子上。

人生中会遭遇到很多的困扰与烦恼，而其中最大的困扰往往来自于自己！

21

Waiting for the Hand of God

等待上帝之手

一次洪水中，一个上帝的信徒匆忙中爬上了山坡，等待上帝的救助。这时，从远处驶来一只小船，他没有求救，小船渐渐远去。水越涨越高，一艘轮船慢慢地驶了过来，他仍然没有求救，他在等待上帝的出现。当洪水快要把山坡淹没的时候，头上飞来一架飞机，他在想上帝为什么还

不出现时，飞机已远去。这个信徒最后被洪水淹没了。

他来到了天堂，见到上帝后，他问上帝为什么不去救他。上帝说，我第一次派去一只小船你没有上，第二次派去一艘轮船你还是没有上，最后，我连最先进的工具都派了去，你仍然不上，我又有什么办法呢？

人生中的机遇就像洪水中期盼的上帝之手，一味地等待，只会让稍纵即逝的机会随风而去，使生命空留遗憾。与其苦苦等待上帝的援助，为什么不伸出手自救？谁又知道上帝的手有没有为你伸出呢？

22
Resolution
决断

欧洲的北爱尔兰，有一座美丽的城市阿尔斯塔。该城的城徽，竟是在银盾的中心画了一只血淋淋的红色的右手。这究竟是怎么回事呢？

原来，早在1015年，亨利·奥尼尔同另外一个海盗首领争夺北爱尔兰的领土。出发之前，双方约定，不管是谁，只要最先用手摸到将要攻占的新领土，谁就是那块土地的主人。

于是，两支船队从同一地点、同一时刻向海上进发。双方都拼尽全力，几乎在同一时刻到达了可以看见海岸的地方。尽管奥尼尔的手下已经作出了最大的努力，但他们仍落在竞争者船队的后面。

眼看对方的船队快要靠近岸边，奥尼尔急中生智，突然采取了一个令人瞠目结舌的果断行动，他拔出佩剑，猛地一挥，用力砍下自己的右手，再用左手把它捡起来，血淋淋地狠命往岸上甩去。血手飞过海面，终于比对方早几秒钟摸到了土地。

奥尼尔就这样以自己的果敢之举，不仅赢得了土地，而且赢得了人们的钦佩，他终于成了阿尔斯塔的第一位首领，这个城市也将他的右手永远地留在了城徽上。

世上凡成就大业者，都是在最关键时刻善于做最后决断的人。

23

Where Is the Real Sword

真正的宝箭在哪里

儿子第一次出征打仗，心里很害怕。

为了给儿子鼓气，父亲交给儿子一个箭囊。他对儿子说："这个箭囊里有一支家传宝箭，神力无穷，你带在身上以防万一。但是有一条你必须记住，不到万不得已的时候，你不能轻易打开，否则将于事无补。"

儿子听了父亲的话立刻觉得心里轻松不少，他兴高采烈地接过父亲的箭囊，奋勇杀上了战场，终于在鸣金收兵的号角声中凯旋归来。

宿营时，儿子耐不住对神箭的好奇，悄悄打开箭囊来看。骤然间，他惊呆了：箭囊里装着的竟是一支被折断了的箭。

"我原来一直挎着一支断箭在打仗啊！"儿子吓出一身冷汗。其实，若要自己手中的箭坚韧锋利，若要它百步穿杨、百发百中，那么磨砺它的只能是自己。

真正的宝箭应该是儿子他自己啊！

24

Four Wives

四个妻子

一个高僧有一次给他的弟子们讲了这么一个故事：

一个商人娶了四个妻子，有一次，商人要出远门，为免除长途旅行的寂寞，他决定在四个妻子中选一个陪伴自己。

他把这想法一说，第一个妻子说："你去吧，我才不去呢！"

第二个说："我是被你抢来的，本来就不愿当你的小老婆，我不去！"

第三个说："虽然我是你的妻子，但是我不愿受风餐露宿之苦，我最多送你到城郊。"

第四个说："既然我是你的妻子，无论你走到哪里，我都愿意跟着你！"

于是，商人就带着第四个妻子开始了长途旅行。说到这里，高僧对弟子们说："各位，这个商人就是你们自己呀！"

在这个故事里，第一个妻子是指你的肉体，死后还是要和自己分开；第二个妻子是指你的财产，它生不带来，死不带去；第三个是指你的妻子，活着时两个人相依为命，死后还是要分道扬镳的；第四个妻子是指你自己的本性，人们常常忘记它的存在，但它却永远陪伴着你。

25

A Boy's Motto

一个男孩的座右铭

有一个男孩从小就因生性怯懦，屡遭同伴们耻笑。男孩为此苦恼不已，很想成为一位勇敢且受人尊重的人。

后来，男孩应征入伍。他满以为新的环境会给他的境遇带来改观，但由于秉性使然，不久男孩便再度沦为大家戏谑的对象，男孩非常痛苦。

一天，教官在对新兵进行投掷训练时，突然把一枚手榴弹向新兵掷去。新兵们个个大惊失色，连滚带爬地纷纷溃散。教官的脸色顿时有些阴暗，他忿忿地说，这只是一枚不会爆炸的教练弹，我这样做，是想检测一下你们的心理素质，看你们在突发事件前，能否保持镇定和勇敢——要知道，对一名军人来说这是至关重要的！

恰巧那天男孩因病未能出练。第二天，当他出现在操场上时，教官暗示新兵们不要声张，便故伎重演，将手榴弹再次掷出。大家掩面窃笑，期待一场闹剧上演。

同他们一样，男孩并不知道手榴弹不会爆炸，然而在那一瞬，他却奋不顾身地扑了上去，用瘦弱的身躯把手榴弹压在身下，急促地大吼："快，快闪开！"

人们惊诧了，个个面面相觑。谁也没想到，男孩竟企图用牺牲自己为代价，来换取战友们的生命。男孩在那一刻所表现出的无私与无畏、果断与勇敢征服了大家。

过了好久，男孩才明白过来，缓缓从地上爬起来，等待同伴们的奚落。然而，这次没有。每个人都将自己的无尚崇敬与感激，化作激越的掌声，经久不息。

从此以后，男孩一点一点地从卑怯中走了出来，屡立军功，已荣升为军官的男孩总是感慨万千地说：忘掉自己，你就会变得勇敢；关怀别人，才能让你赢得尊重！

这句话成了男孩恪守不渝的座右铭。

26

Double Loss

双重损失

一位疲惫的诗人去旅行，出发没多久，他就听到路边传来一阵悠扬的歌声。

那是一个男人快乐的声音。

他的歌声实在太快乐了，像秋日的晴空一样明朗，如夏日的泉水一样甘甜，任何人听到这样的歌声，都会马上被感染，让快乐把自己紧紧包裹起来。

诗人驻足聆听。

歌声停了下来，一个男子走过来，他的微笑比他本人来得更早。

诗人从没有见过一个人笑得这样灿烂，只有一个从来没有经历过任何艰难困苦的人，才能笑得这样灿烂，这样纯洁。

诗人上前问候："你好，先生，从你的笑容中就可以看得出你是一个天生的乐天派，你的生命一尘不染，你没有尝过风霜的侵袭，更没有受过失败的打击，烦恼和忧愁也没有叩过你的家门……"

男人摇摇头："不，你错了，其实就在今天早晨，我还丢了一匹马呢，那是我唯一的马！"

"最心爱的马都丢了，你还能唱得出来？"

"我当然要唱了，我已经失去了一匹马，如果再失去一份好心情，我岂不是要蒙受双重损失吗？"

27

Enlarge Yourself into a Lake

把自己放大成一个湖

印度有一个师傅对徒弟的抱怨感到非常厌烦，于是，有一天早上，他派徒弟去取一些盐回来。

当徒弟很不情愿地把盐取回后，师傅让徒弟把盐倒进水杯里喝下去，然后问他味道如何。

徒弟吐了出来，说："很苦。"

师傅笑着让徒弟带着一些盐和自己一起去湖边。

他们一路上没有说话。

来到湖边后，师傅让徒弟把盐撒进湖水里，然后对徒弟说："现在你喝点湖水。"徒弟喝了口湖水。

师傅问："有什么味道？"

徒弟回答："很清凉。"

师傅问:“尝到咸味了吗?”

徒弟说:“没有。”

然后,师傅坐在这个总爱怨天尤人的徒弟身边,握着他的手说:“人生的苦痛如同这些盐有一定的数量,既不会多也不会少。我们承受痛苦的容积的大小,决定着感受痛苦的程度。所以当你感到痛苦的时候,就把你能承受的容积放大些,让它不是一杯水,而是一个湖。”

28

Paint a Window for Yourself

画一扇窗给自己

那一年,黄永玉大师带着他饱经沧桑的心和撼人魂魄的画来到北京后,住在京新巷"芥夫"故居。

这是一间搁置了许多年头的房子,四壁连一扇窗户都没有,一走进去就有一种压抑感。然而,黄永玉并没有厌弃这间小屋。他笑呵呵地拿出一张洁白的纸贴在墙上,然后信手在上面画了一扇窗户,画得如同真窗。他顿时便感觉屋外的阳光流水一样涌入小屋,屋内的一切立刻显得无比生动。

如果上帝在关上门的同时,也封闭了那扇窗,那么就画一扇窗给自己。

29

Read a Worn-out Face

朗读残破的脸

被丧心病狂的男友毁容后的台湾女孩曾德惠，从容地站在记者面前。

她面目全非，但仍调侃说："如果大家看到我洁白的牙，说明我在笑！"40多次整形手术，痛得她没空去恨什么人。

为了谋生，她上街兜售干燥花香包；为了未来，她决心上大学，但必须从高中读起……"我没有手了，没有耳朵，没有鼻子，嘴巴合不拢……"她说得很轻松，像在讲别人的故事。

有一次，她去影院看恐怖电影，上厕所出来，她说，没被电影吓倒的观众，反而被我给吓倒了！

她笑着说，听的人却难过不已。

每次出门，她会在全身唯一完好的部位——10个脚趾上涂层蓝色指甲油，以提醒自己曾经有过的美丽。

可敬的曾小姐没有扔掉镜子，因为她要面对现实，有时，这比面对死亡更需要勇气！

30

How to Find a Short Cut

如何找到捷径

一个摔跤手从没遇到过对手。后来，这个城市里来了一位远方客人，点名要和他较量。此人是另一个城市里的高手，有过十分辉煌的战绩。两个人摔了整整一天，结果还是没有分出胜负。

到了第二天，两人约定，半年之后再一决雌雄。摔跤手回去以后问自己的师父："我和他决斗时为什么总找不到对方的破绽?如果找不到他的破绽，是不是就证明我肯定要输掉以后的比赛?"

师父想了想，没有说话，用手在地上画了一道线，说："在不擦掉它的前提下，你如何让这条线变短?"

摔跤手寻思了半天，也没想出答案。只见师父在这条线旁又画了一条更长的线，说："你看，刚才那条是不是变短了?"摔跤手愣愣地看着自己的师父。师父接着说："不要总是琢磨如何去找别人的破绽，如果你让自己变得足够强大，那么别人就无法击败你!"

摔跤手恍然大悟。半年以后的胜负对他来说已经不再重要，重要的是，他明白了这样一个道理：看清走路的方向，你就找到了一条捷径。

31

After the Son Perverted

儿子落下坑以后

在日本，一位父亲带着6岁的儿子郊游，父亲钓鱼，儿子在一旁玩耍。

在离湖边不远处，有一个很深的大坑。孩子好奇，自己偷偷摸索着下到坑里。玩了一阵子后他发现，大坑离地面很高，下来容易上去难。于是他不得不求助正在钓鱼的父亲："爸爸，爸爸，帮帮我，我上不去了！"但他没有得到回答。天渐渐地黑下来，出于恐惧和无助，他哭泣，又哭又喊。父亲依然沉默。之后，他不得不自己想办法了。他在坑里转来转去，寻找可以上去的地方，

终于，他发现在坑的另一面，有几棵可以用于攀缘的小树。他艰难地爬上来。

此时此刻，他发现父亲还在那里叼着烟卷，悠闲地一动不动地钓着鱼。那个孩子，没有抱怨，更没有愤怒，而是径直走到父亲身边，自豪地对父亲说："爸爸，是我自己上来的！"

32

Not Yet Succeeded

尚未成功

运动会赛场,百米赛跑刚刚结束。

一位被淘汰的选手垂头丧气地走出场。他的父亲走上去,搂着他说:“你是失败了?还是尚未成功?”

这位运动员很奇怪。他问父亲:“这有分别吗?”

父亲笑而不答,只反问道:“下次比赛你还参加吗?”

儿子坚定地说:“当然要,并且要拿冠军!”

于是父亲高兴地拍拍他的肩膀说:“好极了!那么你今天只是尚未成功,而不是失败了!”

果然,经过一年的努力,在下届比赛中,儿子超越其他选手,获得了第一名。在比赛中,并没有失败者,除非他自己放弃了继续努力。

33

A Born Talent for Nothing

天生我才没有用

楚轻狂，江湖第一高手。某年7月15日，赴峨眉金顶参加英雄大会。

行程半月有余，峨眉金顶已然在望，遂弃马登舟，悠然漫步船头，眼观大渡河沿岸景色，豪气勃发，意欲指点江山。突见艄公在身侧划船，汗流浃背，不禁笑问艄公："你会剑法么?"艄公道："不会。"

"那你完了!剑为百兵之尊，最是难学难精。江湖历代顶尖高手无不是使剑之人。剑法倘不佳，其他技艺也必领悟有限。改日得遇敌中强手，如何能在江湖立足?你会掌法么?"

艄公道："不会。"

“那你完了！刀剑兵刃虽是江湖人必备，但终究不如手脚长在身上来得踏实、方便，难免有为敌所断、为人所窃之时。届时倘因无拳脚之长而任遭屠戮，如何使得？你会轻功么？”

艄公道：“不会。”

“那你完了！江湖上与人动手，胜败乃兵家常事。若技不如人，大可飞身走人，以图后举。正所谓君子报仇，十年不晚。但若轻功不佳，可就犹如笼中鸟，唯有被人戏侮宰割的份，这如何了得……”

话音未落，猛听得“咔嚓”巨响。船身一阵剧震，竟在江心打起转来。眼望江水汩汩而入，楚轻狂脸色煞白。

艄公慢慢放下桨来，问道：“你会游泳么？”楚轻狂摇头。

“那你完了，这船触礁马上就要沉了。”艄公说罢，轻轻一跃，消失在河水中。

34

This Is What You Expect for

这才是你所期待的

一位父亲很为自己的儿子担心，他16岁了，却一点勇气都没有。于是父亲决定去拜访禅师，请他训练自己的儿子。

禅师对孩子的父亲说："你应该让他单独留下。三个月内我将把他训练成一个真正的男子汉。但是在这段时间你不可以探望他。"

三个月后，父亲来看孩子，禅师安排孩子与一位经验丰富的拳师进行一场比赛。拳师一出手，孩子便应声而倒，但他立刻站了起来；每当再次被击倒，他紧接着又站起来。

几个回合后，禅师问道："你认为你儿子怎样？"

"真丢人！"孩子的父亲说，"我没想到他竟如此不堪一击。看来他没有必要继续呆在这儿了。"

"你只看到这一点，我感到很遗憾。难道你没见到他每次倒下后并没有因此而哭泣，而是重新站起来了吗？这才是你期待他拥有的那种勇气呀！"

35

Always 99 Marks

永远99分

有位工艺美术大师，成就斐然。入行45年了，他说自己在雕琢着玉石，玉石也同时在雕琢着他自己。

45年前，他刚到玉雕厂工作，看到好几位玉雕师光着膀子汗流浃背地在打磨玉石，他心里暗暗发誓，自己一定要做到最好。

琢玉3年，他出师了，好几位高级工围着他的一件作品做评判。他看见评委们频频点头，心里充满自信。可是评委们竟只给了他99分。他很不服气，争辩道："你们为什么要扣掉1分，明明可以打100分的！"一位老评委说："扣掉你1分，你还有前进的余地，要是给你100分，你就走到头了，你还有发展吗？"

他恍然大悟。

从此，他不再满足于自己的成绩，执著地走自己更艰辛的探索之路。三十出头，他已经跻身世界顶级玉雕大师行列。

永远给自己打99分，就像背着一个永远装不满的筐，因为装不满，才会一直不停地采摘，更多新鲜的希望果实才会挂在前面的枝头。

36

The Truth of Passing

过关之道

有个著名武生演员教了一群徒弟。他要求每个徒弟在练武的时候必须戴上帽子。经过3年苦练，这些徒弟把师傅的所有招数全学完了，只差一点还不合乎要求：师傅在翻跟头的时候，帽子像粘在头上，而他们一翻帽子就会落地。

徒弟们纷纷向师傅请教："翻跟头的过程中，怎样才不至于使帽子掉下来？"

师傅说："这是最后一关了。什么时候练到无论前翻后翻，翻它一晌半天，帽子都不离头，才算真正学到家了。"

又是两个寒暑，徒弟们掉帽子的问题仍然没有得到解决。一个聪明的小家伙建议：帽子是师母做的，请教一下师母兴许会得到一些启发。大家都表示赞同。

一天，趁师傅不在家，徒弟们来见师母。师母慈祥地说："傻孩子啊，要想不掉帽子，只要咬紧牙关就可以了。因为你们的帽子是我根据你们各人脑袋的大小做的。在缝制的时候，根据各人的情况我都大出来两针，你们在翻跟头的时候，牙关一咬，太阳穴往外一胀，帽子自然也就紧了。"

徒弟们一试，果然如此。

人生正是这样：有时看似遇到了难以闯过的艰难险阻，但只要你不退缩，咬紧牙关挺住，也就挺过去了。

37

Don't Be an Obstacle to Yourself

不要自己拦着自己

曾经有过一场别出心裁的短跑比赛。

在那平坦而笔直的跑道上，每隔2米便横扯一条绳子，一眼望去，整个跑道宛如一张长长的横格纸。裁判将全体参赛者带到跑道上，让大家观看清楚，也可事先试跑。具体要求只有一个：正式比赛时不准踩着跑道上横扯着的绳子，否则将被淘汰出局。

然后，全体参赛者被领进一间房子，各个都被蒙住眼睛。与此同时，工作人员将跑道上的绳子全数撤除，赛场已无任何障碍。

蒙着双眼的参赛者们来到起跑线上。发令枪一声脆响，除了一位年轻人毫无顾忌地全力向终点冲刺外，其他参赛者都小心翼翼地似跑非跑，生怕不小心踩着绳子。

比赛完毕，待参赛者们睁眼一看，才发现跑道上的绳子不知在什么时候全都不翼而飞。这场比赛，当然是那位敢冲敢跑的年轻人夺得第一，其他人都成了短跑比赛史上“新纪录”的开创者，所费时间之多令人震惊。

授奖时，裁判问那位年轻人凭什么敢于毫无顾忌地奔跑？年轻人答得干脆：“我只想跑出自己的速度，哪顾得了那么多的禁忌。”

请相信，只要不超越道德与法律的底线，当你在人生跑道上向着既定目标全力迅跑的时候，全世界都会为你让路。

38

Add Weight to Yourself

给自我加重

一个黑人小孩在他父亲的葡萄酒厂看守木桶。每天早晨，他用抹布将一个个木桶擦拭干净，然后一排排整齐地摆放好，令他生气的是：往往一夜之间，风就把他整齐排列的木桶吹得东倒西歪。

小男孩很委屈地哭了。父亲摸着男孩的头说:“孩子,别伤心,我们可以想办法去征服风。”

于是小男孩擦干了眼泪坐在木桶边想啊想啊,终于想出了一个办法,他去井边打来一桶一桶的清水,然后把它们倒进木桶里,做完这些他就忐忑不安地回家睡觉了。

第二天天刚蒙蒙亮,小男孩就匆匆爬了起来,他跑到放桶的地方一看,那些木桶一个个排列得整整齐齐,没有一个被风吹倒的,也没有一个被风吹歪的。

是的,我们可能改变不了风,改变不了这个世界和社会上的许多东西。但是我们可以改变自己,改变我们自身的重量和我们自己心灵的重量,这样我们就可以稳稳地站在这个世界上生活了,不被风或其他东西吹倒和打翻。

给自我加重,这是一个人不被打翻的唯一方法。

39

To Appreciate Yourself

感谢自己

父亲是搬运工，一日，他拉着一车沉重的钢管来到一个陡坡下，不禁望而却步。心想，靠他一个人拉上去肯定不可能，得有人帮一把才行。

正在父亲为难之时，一个热心的过路人走了过来，笑着对父亲说:“没关系，我来帮你。”说着，便卷起袖子，拉开一副推车的架势。

见有人来帮忙，父亲心里便增添了底气，力气也上来了。父亲在前头使劲地拉车，热心人在后面不住地喊着:

“加油!加油!”经过一番努力,父亲终于把车拉上了坡。

当父亲要感谢热心人的相助时,热心人却说:“你不要感谢我,要感谢就感谢你自己,因为我的手患有严重的关节炎,根本用不上力,我只是在旁边喊喊‘加油’而已,能把这车拉上来,全靠你自己。”

一个内心充满自信的人,就能拥有无穷的力量,克服艰难险阻,创造人间的奇迹。

40

Take off Your Overcoat

脱掉你的外套

一个女孩因为同事的谗言，被老板炒了鱿鱼。中午，她坐在街心花园的一条长椅上黯然神

伤。这时她发现不远处一个小男孩站在她的身后咯咯地笑，她就好奇地问小男孩："你笑什么呢？"

小男孩一脸得意地说："这条长椅的椅背早晨刚刚漆过，我想看看你站起来时背上是什么样子。"

女孩一怔，猛地想到：昔日那些刻薄的同事不正和这小家伙一样躲在我的身后想窥探我的失败和落魄吗？我决不能让他们的用心得逞，我决不能丢掉我的志气和尊严。

女孩想了想，指着前面对那个小男孩说，你看，那里有很多人在放风筝呢。趁小男孩一扭头的工夫，女孩把外套脱了拿在手里，她身上穿的鹅黄色毛线衣看起来青春漂亮。小男孩回过头发觉上了当，甩甩手，嘟着嘴，失望地走了。

生活中的失意随处可见，就如那些油漆未干的椅背会让你苦恼不已，但是如果已经坐上了，也别沮丧，以一种平和的心态面对，脱掉你脆弱的外套，你会发现，新的生活才刚刚开始！

41

Interrupt the Speech of a Commercial Tycoon

打断商业巨子的演讲

有一个女孩想见百事可乐的总裁卡尔·威勒欧普，但苦于没有机会。有一次威勒欧普到美国的科罗拉多大学演讲，她想方设法取得15分钟采访时间。

演讲那天，她就到科罗拉多大学的礼堂外等待卡尔·威勒欧普。她不停看表，发现他的演讲时间越拉越长，离和她约定的时间越来越近，但他的演讲好像没有结束的意思。终于，他超过了约定时间，这也意味着她失去了和他见面的15分钟，如果他再继续下去，她将错过这次千载难逢的机会！

想到此，她迅速拿出名片，在背面写下一段话："您下

午两点半与人有约。”她推开会场的大门，直接从中间的走道向他走去。威勒欧普先生见有人走近，停下话来看着她，她把名片递给他。就在她返身往回走的时候，就听到威勒欧普先生告诉台下的观众，说演讲结束，谢谢大家来听他演讲。

这位商业巨子结果和她聊了半个小时。

事后，她真的为自己的这个行为感到不可思议，她竟然用这种方式在数千人的会场上打断了他的演讲。这在平时，她根本做不到。

其实，她仅仅战胜了自己。

42

Freezing Point Heart

心中的冰点

尼克是一家公司的职员，一天下班的时候，他不小心被关在一个待修的大冰柜里。其他工作人员都回家了，所以不管尼克在冰柜里怎样拼命敲打喊叫，都没有人来帮他。

最后，尼克的手掌敲得红肿，喉咙也叫得沙哑，坐在地上直喘气。他越想越害怕：冰柜里零下好几度，呆到第二天，肯定会冻死，于是他用发抖的手，写下了遗书……

第二天早上，别的职员上班后打开冰柜，发现尼克倒在地上，已经死了。大家都很惊讶，因为冰柜坏了，根本没有制冷！里面的温度有十几度，而且氧气也很充足，可是尼克却被“冻”死了！

尼克并非死于冰柜的温度，而是死于心中的冰点。

43

Brave Heart

勇敢的气

半夜里，女儿要上厕所，一个人爬起来下床去，走到卧室门口，开门看了看，又折回来，门厅里太黑，她害怕了。

母亲说:“宝贝，别害怕，鼓起勇气。”

“勇气是什么?”她跑到母亲的床前，问母亲。

“就是勇敢的气。”母亲回答。

“妈妈，你有勇气吗?”

“我当然有了。”

女儿就伸出她的小手来:“妈妈，那你把你的勇敢的气给我吹点吧。”

母亲对着她冰凉的小手心儿吹了两口，她紧张兮兮地忙攥紧拳头，生怕“勇敢的气”跑掉了。然后，女儿就那么攥着拳头，大踏步地、无所畏惧地走出了卧室，上厕所去了。

母亲心想，谁也给我吹点什么“气”就好了，让我也能攥在手心里——在我或害怕或茫然或沮丧的时候。

其实，很多时候，我们害怕的不是别的，是自己内心凭空生出的恐惧。我们要战胜的也不是别人，正是自己。

44

Confidence for Yourself

给自己的信心

有一个年轻人，好不容易获得一份销售工作，勤勤恳恳干了大半年，非但毫无起色，反而在几个大项目上接连失败。而他的同事，个个都干出了成绩。他实在忍受不了这种痛苦。

在总经理办公室，他惭愧地说，可能自己不适合这份工作。“安心工作吧，我会给你足够的时间，直到你成功为止。到那时，你再要走我不留你。”老总的宽容让年轻人很感动。他想，总应该做出一两件像样的事来再走。于是，他在后来的工作中多了一些冷静和思考。过了一年，年轻人又走进了老总的办公室。不过，这一次他是轻松的，他已经连续七个月在公司销售排行榜上高居榜首，成了当之无愧的业务骨干。原来，这份工作是那么适合他！他想知道，当初，老总为什么会将一个败军之将继续留用呢？

“因为，我比你更不甘心。”老总的回答完全出乎年轻人的预料。老总解释道：“记得当初招聘时，公司收下100多份应聘材料，我面试了20多人，最后却只录用了你一个。如果接受你的辞职，我无疑是非常失败的。我深信，既然你能在应聘时得到我的认可，也一定有能力在工作中得到客户的认可，你缺少的只是机会和时间。与其说我对你仍有信心，倒不如说我对自己仍有信心。我相信我没有用错人。”

给别人以宽容，给自己以信心，就能成就一个全新的局面。

45

True Brave Man

真正的勇者

病人的子宫里长了瘤子，给她开刀的是一位名医。可偏偏名医也有误诊的时候，下刀以后，豆大的汗珠就冒上了他的额头：子宫里长的不是肿瘤，是个胎儿。

名医陷入了痛苦的挣扎：要么继续下刀，硬把胎儿拿掉，然后告诉病人，摘除的是肿瘤；要么立刻把肚子缝上，然后告诉病人，看了几十年的病，这回他居然看走了眼。

三秒钟的内心挣扎，名医浑身湿透。三十分钟后他从手术室回到了办公室，静待病人的苏醒。

“对不起。”只见他站在病人的床前说，“太太，请原谅，是我看错了，你只是怀孕，并没有长瘤子，所幸及时发现。孩子安好，你一定能生下一个可爱的小宝宝！”

病人和家属全惊呆了。然后，病人家属突然冲了上去，抓住名医的领子吼道：“你这个庸医，什么东西！”

有朋友笑这位名医：“为什么当时不将错就错？说它是个肿瘤，又有谁知道！”

名医淡淡一笑：“可是我知道！”

为自己的身家名誉去拼命的人算不得大勇，不顾自己的身家名誉而去维护真理的人，才是真正的勇者。

生活原来如此

So That's How Life Is

生活原来如此

So That's How Life Is

生活原来如此

So That's How Life Is

生活原来如此
So That's How Life Is

图书在版编目(CIP)数据

征服自己是最伟大的胜利/何承伟主编

《故事会》编辑部编.－上海：上海文艺出版社，2011.8

ISBN 7－5321－3062－2

Ⅰ.征... Ⅱ.①何..②故... Ⅲ.故事－作品集－中国－当代 Ⅳ.I247.8

中国版本图书馆CIP数据核字(2006)第079363号

主　　编　何承伟
责任编辑　维　恩　潇　白
装帧设计　周艳梅
内页插图　王　芾

征服自己是最伟大的胜利

出版发行　上海文艺出版社
（200020　上海绍兴路74号）
印　　刷　上海文艺大一印刷有限公司
开　　本　889×1194毫米　1/64　插页　4
印　　张　1.5
字　　数　38 000
版　　次　2006年8月第1版　2011年8月第4次印刷
印　　数　15,601－17,800册
书　　号　ISBN 7－5321－3062－2/I·2343
定　　价　10.00元

本书批销、零售联系电话：021－54667902

本书系选编本，由于少量作者的联系地点难以找到，故无法付酬，请有关作者见书后及时与上海故事会文化传媒有限公司联络。（021－64372608转 责任编辑）